AU DIAPASON

Karine LOTTIN

à papi Guy et mamie Gabrielle

à Danielle, Claire, Claude et Catherine

à mon Crapo

© 2016, Karine Lottin

Edition : BoD - Books on Demand
12/14 rond-point des Champs Elysées, 75008 Paris
Impression : Books on Demand GmbH, Norderstedt, Allemagne
ISBN : 9782322076932
Dépôt légal : juin 2016

1

-En allant donner à manger aux oiseaux du jardin, j'ai croisé un chat.

-Un chat ?

-Oui mais il est peureux. J'ai entendu miauler. Je me suis approché mais il s'est reculé. Je suis allé chercher quelques croquettes achetées pour nourrir les hérissons du jardin et lui en ai laissé un petit tas duquel il ne s'est approché que quand je me suis éloigné.

25 novembre, la nuit tombe vite et on sent l'air frais s'épandre rapidement. Alexandre, mon mari, passionné d'oiseaux, a pour habitude de les nourrir. Ainsi il leur évite d'avoir faim et surtout il peut assouvir sa passion de la photographie. Il peut passer des heures derrière une vitre à plat ventre par terre pour photographier un merle, une bergeronnette, un moineau. Deux heures derrière une vitre pour se faire apprivoiser par une mésange et pouvoir en photographier son repas, darder sa langue, se tenir sur une patte, amorcer son envol. Deux heures à ouvrir progressivement avec douceur la vitre pour finir par sortir sur la terrasse sans qu'elle ne soit effrayée. J'admire sa patience et son talent qui va de pair.

La retraite verra sûrement des escapades nature pour élargir son florilège aux animaux sauvages marchant, rampant etc
Mais en attendant, il vit sa passion dans notre jardin et rentrant dans la maison ce soir là, nous nous réjouissons de la présence de ce minou.

Le lendemain, sacrifiant au rituel du nourrissage, je lui demande s'il a vu le chat. Il me répond que oui qu'il lui a laissé son petit tas de croquettes et qu'il a pu lui faire un léger gratouillis sur la tête.
-Y a du progrès dis donc lui dis-je en souriant

Les jours enfin les soirées suivantes sont identiques : léger gratouillis sur la tête et petit tas de croquettes. Jusqu'à ce qu'un soir à la porte fenêtre du salon j'entrevois une silhouette collée à la vitre qui en miaulant crée une aura de buée sur la vitre. J'interpelle mon mari qui me confirme que c'est bien le minou qu'il croise tous les soirs.
J'entrouvre délicatement la fenêtre dont le cliquetis de la poignée suffit à l'effrayer. Je lui adresse doucement la parole, en lui tendant ma main pour qu'il vienne la sentir mais sans succès. Nous le voyons déguerpir dans le champ tout proche.

Par chez nous, la nature règne sans partage, c'est sans nul doute le seul élément qui nous fit tomber amoureux du coin. Nous sommes entourés de champs abritant une jolie faune sauvage : chevreuils, biches, hérissons, renards, d'un petit ruisseau peuplé de grenouilles et d'écrevisses bref le paradis sur terre s'il n'y avait la présence de ces maudits « chiasseurs » que je ne cesse de repousser avec véhémence et conviction affirmée.

Quelques jours plus tard, la silhouette furtive revient silencieuse souffler un miaulement sur la vitre. Cette fois le cliquetis de la poignée ne l'effraie pas et à la faveur d'une coupelle de croquettes, Il ose même faire un pas à l'intérieur mais point trop n'en faut, que les pattes de devant. Nous lui approchons délicatement la gamelle tout en lui parlant doucement et en lui faisant sentir nos mains. Il nous adresse un regard apeuré avec ses grands yeux verts bordés de noir à la pupille. Son regard nous transperce, la partie réfléchissante des yeux de notre nyctalope luit à chaque battement de paupière, des yeux surnaturels qui nous séduisent aussitôt. Il finit par pénétrer dans la maison et tout en restant aux aguets dévore sa gamelle de bon cœur.

Mon mari et moi nous installons sur le canapé pour ne pas lui faire peur en bougeant et lui permettre d'apprivoiser les lieux et ses occupants sans stress.

Il ou elle adopte tout de suite le dessous de notre table de salon. Le moelleux du tapis assorti à la bassesse du meuble doivent lui créer une sorte de cocon rassurant. Nous l'y laissons tout en lui parlant de temps en temps. Il lève cependant la tête en plissant les yeux. Je lui dis avec douceur : tu fais les yeux amour à maman ? Cette expression je la tiens de ma maman qui disait ça à notre chat quand il la regardait comme ça. Il y avait tellement d'amour entre notre chat Malo (chamallow ça ne faisait rire que nous) et ma maman- tellement.

Notre visiteur du soir est resté couché sous la table toute la soirée. Quand nous avons quitté le salon pour aller nous coucher, il s'est levé aussi, s'est approché de la porte fenêtre que nous avons ouverte et il est parti dans la nuit non sans lui avoir dit que cela nous ferait plaisir de le revoir, qu'il n'hésite pas à revenir.

Le lendemain matin, le réveil sonne toujours fort tôt à la maison mais nous tardons à nous lever, ce matin, cela semble différent. Alexandre se lève tout de suite et je l'entends ouvrir la porte fenêtre

du salon. Puis je l'entends farfouiller dans le sac de croquettes. Je lui crie depuis la chambre :
-Le chat est là ?
-Oui me répond-il
-Oh petit cœur viens voir maman dis-je

Mais il ne vint pas, c'est donc moi rattrapée par le temps qui ai fini par le rejoindre. Il m'accueillit d'un léger miaulement et je tendis la main pour lui donner une caresse qu'il accepta et repartit derechef vers sa gamelle.

Il reste ainsi assis auprès de son bol quelques instants et demande à sortir. Je m'exécute en lui ouvrant la fenêtre. Cette fois à contrario de la première fois, il ne sort que les pattes de devant, faisant mine de vouloir refermer, il rentre à nouveau et d'un pas assuré prend son élan pour monter sur le canapé et se coucher en rond à ma place. Lui redonnant une autre caresse qu'il accepte également, je pars me préparer à affronter ma journée de boulot.
Après ma toilette, je regagne le salon et je trouve le loustic toujours en bonne place sur le canapé. L'heure de partir approchant, je m'inquiète de savoir que faire ? Je ne rentre pas à l'heure méridienne et toute une journée le laisser enfermé : JAMAIS.

Du coup, je lui dis :

-Qu'est-ce qu'on fait mon cœur ? Je dois partir et je ne peux pas te laisser seul ici.

Là-dessus il se lève et se dirige vers la porte-fenêtre et demande à sortir. Interloquée mais le hasard faisant quelquefois bien les choses, je ferme la maison en lui disant à ce soir.

Au retour d'Alexandre, je lui envoie un texto lui demandant s'il a vu notre « mimichat »? Ce à quoi il me répond non ; il faudra attendre ce soir je pense.

Rentrant à mon tour, à la nuit tombante, je tente de l'appeler par cette onomatopée de pincement des lèvres à laquelle seuls les chats répondent mais là, pas de succès. Alexandre me dit que c'est encore trop tôt, qu'hier il est arrivé vers 19h30-20h.

2

19h30 sonnantes, Alexandre et moi les yeux rivés sur la porte-fenêtre, nous voyons arriver d'un bel élan notre félin. Nous nous précipitons pour lui ouvrir et d'un miaulement, il se jette sur sa gamelle qu'il trouve maintenant à la même place qu'hier et elle est accompagnée d'un bol d'eau. Le territoire de notre adoptant s'étend et se fixe.

Nous tentons pendant qu'il mange de vaquer aussi à nos occupations tout en veillant à ne pas le stresser. Le temps qu'il vide sa gamelle nous préparons le repas, mettons la table le tout dans une ambiance de bruits suspects aux oreilles non habituées de notre fauve.

Pendant le repas, nous gardons un œil bienveillant sur lui et me vient à l'idée :
-Comment on l'appelle ?
Alexandre me répond :
-Un nom ? Si vite ? Si ça se trouve on ne le reverra pas.

-Oui lui répondè-je il l'emportera avec lui s'il ne souhaite pas revenir.

Plusieurs propositions furent évoquées des plus nunuches aux plus extravagantes mais rien de concluant.

Petit cœur-tel fut le surnom provisoire dont je l'affublai- passa la soirée avec nous mais au moment d'aller se coucher, il ne fut pas question de sortir. Alexandre, comme un diable sortant de sa boite et comme s'il avait attendu cette opportunité, dit :
-On n'a qu'à le garder. S'il miaule je l'entendrai et s'il fait ses besoins ou des bêtises et ben il les fera.

Nous partîmes nous coucher et avons dormi sans avoir été dérangés.

Au petit matin, Alexandre, en se levant, le trouve derrière la porte du couloir comme s'il l'attendait. Aucun dégât n'est à déplorer même dans le sac de croquettes ouvert et offert à sa fantaisie.
Il lui renouvelle donc son quota de nourriture, sa ration d'eau et revient dans la salle de bain pour se préparer.
Dans la pénombre de notre chambre seulement éclairée par le halo émanant de la cuisine, je l'appelle doucement :

-Petit cœur. Petit cœur, viens voir maman.

Dans un premier temps cela reste infructueux puis tout à coup j'entends le léger frôlement des coussinets sur le parquet. Pas un bruit, ni un miaulement. Je lui dis :
-Je vais t'appeler Ghost tu te déplaces comme un revenant dans un flottement.
Il fait le tour du lit pour venir jusqu'à ma main pendante me gratifier de coups de tête bienveillants qui se terminent par des caresses. Des tap-tap incitatifs sur les draps dans l'espoir qu'il saute sur le lit restent vains
Au contraire, il rebrousse chemin vers le salon. Mais ne il partit pas quand Alexandre quitta la maison, il attendit que je la quitte à mon tour.

Et ce fut le même rituel tous les soirs et tous les matins jusqu'à cette semaine, où souffrante, je ne peux me rendre à mon travail. Ce matin, notre chat ne part pas non plus. J'en informe Alexandre sur le champ qui me dit :
-il est resté avec toi notre ostrogot ?
-Ostrogot ? répètè-je
-Oui c'est un ostrogot ou un loustic me répond souriant Alexandre

-Non ostrogot c'est bien comme nom lui répondè-je à mon tour
-Oui mais un peu long non ?me dit Alexandre
-Et ben Ostro c'est bien Ostro ? lui demandè-je enthousiaste
-Oui c'est ça : Ostro me répond-il convaincu.
Que voilà un joli nom pour notre loustic
Très bien, ça me plait. C'est une sonorité qui me fait penser à mes séries préférées : Games of thrones et Vikings
-C'est vrai. On valide lui dis-je

Bon, autant vous dire qu'on peut l'appeler comme on veut il n'en fait jamais qu'à sa tête et d'ailleurs profitant de ce temps libre, je me suis rendue compte que monsieur était en fait madame mais que cela ne changerait rien sauf si elle devait nous faire des bébés …

Cette semaine avec elle fut révélatrice de ses habitudes.
Elle ne reste jamais avec moi au-delà de huit heures. Elle choisit de partir d'un côté de la maison et de revenir par l'autre.
Un matin, ayant ouvert les fenêtres de la maison pour aérer, elle a en profité pour me fausser compagnie. Je l'ai même suivie des yeux depuis notre jardin jusqu'à celui de nos voisins un peu plus haut puis je l'ai vue disparaitre le long du ruisseau dans la broussaille.

Le temps de faire du rangement dans les chambres, à mon retour dans le salon, je la vois trônant sur mon passage. J'en sursaute et lui dis :
-Tu m'as fait peur. Mais tu es revenue ?
Son regard « amour » me rassura mais cette faculté à apparaître aussi brusquement alors que je la croyais bien loin m'interrogea.

Le soir je m'en confie à mon rationnel de mari qui ne sut que répondre.

Nous allongeant sur le canapé pour gouter à la détente de la soirée, Ostro saute et s'installe entre mes jambes. Elle me fait face, les yeux immensément ouverts et alternativement me regarde et regarde vers le plafond. Je suis son regard à chaque changement de position en lui demandant :
-Qu'est-ce que tu vois mon cœur ? Ya des choses que tu veux me montrer ? Que veux-tu me dire ?

Ostro dis moi qui tu es ?

3

Ce matin, 25 novembre, un mail de Diane, une des tantes de mon mari s'affiche : « pour papi tout s'est terminé cette nuit ». Les yeux plein de larmes, Alexandre lit ces quelques mots qui scellent son enfance à tout jamais. Son grand-père, malade depuis quelque temps, vient de nous quitter.

Habitant la région parisienne, il faut organiser notre voyage. Informer nos entreprises respectives, nos familles, réserver billets, vol et voiture de location et caler le rendez-vous avec la famille restée à son chevet. Les obsèques sont prévues le 28 novembre et nous apprenons son choix de se faire incinérer.

Que cette pratique, qu'au demeurant je respecte, m'effraie. Mon grand-père avait également choisi ce moyen et ma grand-mère avait eu la possibilité de voir le cheminement du cercueil jusqu'au laboratoire. Nous avions vu le cercueil installé sur un tapis roulant qui transportait son corps dans la gueule béante et incandescente du four qui l'avala la tête la première. Cette vision me hante et restera gravée pour toujours au registre de mes horreurs familières.

Aussi, apprenant que cela devait se renouveler, j'appréhende l'exercice mais il ne se peut être autrement que j'épaule Alexandre dans cette difficile épreuve. En effet, perdre son grand-père c'est aussi perdre le père de sa maman qu'il a déjà perdue depuis plus de 10 ans. Trop de belles images à jamais passées de l'autre coté du temps refluent d'un seul coup dans son cœur. Il faut être discrètement présente pour lui faire la place de vivre ce qu'il avait à vivre.

Il repense qu'il y a moins d'un mois nous étions tous réunis autour de papi pour le repas annuel de toute la famille. Il était faible mais à 94 ans on peut comprendre cette fragilité mais il allait bien. En un mois, une péritonite l'emporta aussi vite que bêtement.

Ce grand gaillard d'une grande richesse intellectuelle laisse derrière lui encore trois filles et des petits-enfants effondrés de chagrin.

A notre arrivée chez papi, Alexandre va se garer directement derrière la maison comme il est d'usage. Nous sommes accueillis par la benjamine de ses tantes, Denise, accompagnée de son compagnon, Danick, et de ses enfants. Le salut fut silencieux et empreint d'émotion.

Danick me dit mélancolique :

-Et dire qu'on se voyait il y a un mois pour une belle journée…

Pendant que nous échangeons avec Danick, Alexandre nous fausse compagnie et pénètre dans la maison par le garage, espace de jeux de son enfance.
Les lieux sont très vastes, composés de coins et recoins offrant à l'imaginaire d'Alexandre, petit, des cachettes, des peurs d'enfants et surtout une odeur très particulière ; un peu âpre, douçâtre d'humidité, de relents d'herbe coupée mêlée de gasoil, cette odeur si particulière et chérie par mon mari.
Je le vois déambuler, humant, respirant cette ambiance comme pour l'assimiler, ne faire qu'un avec son organisme pour la garder à jamais. Je le vois aussi ressortir, errer dans le jardin qui a vu pousser en même temps que lui les pommiers de son enfance, je le vois s'imprégner, s'immerger jusqu'au plus lointain de son cœur dans cette madeleine toute personnelle.

Nous finissons par monter au premier étage retrouver la famille qui a préparé une collation et du champagne car il est dans la tradition de papi d'offrir du champagne à tous quand il avait la chance d'avoir toute la famille réunie autour de lui.

Après les salutations tristes mais chaleureuses, le partage de quelques photos bourrées de souvenirs et d'anecdotes tantôt tristes tantôt joyeuses la plupart du temps, Alexandre demande à monter aux appartements de papi. Il disparait dans l'escalier sans avoir omis d'ôter les chaussures comme papi insistait pour qu'il en soit ainsi.

Un long moment se déroule jusqu'à ce qu'il redescende en m'adressant un clin d'œil.

Diane, la sœur aînée des filles, demande à ce qu'ils s'installent autour de la table et émettent leur volonté en termes de mobilier, de souvenirs particuliers etc. Alexandre demande alors à pouvoir récupérer le piano.

En effet, papi, possédait en ses appartements un piano quart de queue dit crapaud de marque Gaveau sur lequel mamie jouait autrefois. Alexandre m'avait souventefois dit qu'il souhaiterait volontiers le récupérer au décès de papi.

Après un rapide tour de table informel mais sincère, les filles octroient à Alexandre ce précieux instrument. Les larmes aux yeux nous nous sommes regardés, si heureux.

4

A notre retour à la maison, c'est la logistique d'accueil de l'instrument qui mobilise notre temps.

Pour ma part, il faut réorganiser la maison pour lui faire de la place et pour celle d'Alexandre, il faut démarcher les transporteurs spécialistes du déménagement de pianos.

Aussi les plantes seront-elles réparties de ci de là dans la maison et ce crapaud là siègera fièrement dans le salon de manière à ce que la retraite venue, Alexandre puisse assouvir son désir musical créé par la passion de sa mamie pour cet instrument.

Bref, tout est prêt pour accueillir ce trésor chez nous.

Il faudra patienter de longs mois car l'entreprise de déménagement doit attendre une opportunité d'un voyage à vide pour rentabiliser le déplacement.

Et un après midi, Alexandre m'appelle tout guilleret et me dit :

-on sera livré demain en fin de matinée. Je vais poser la journée pour être présent. Il me fait l'effet d'un gamin devant un sapin de Noël.

5

Sochaux, février 1947

Cette année là, Maurice, ingénieur, est embauché aux usines Peugeot cycles de Sochaux pour assurer la commercialisation d'un nouveau modèle de vélo-une nouvelle potence garantissant sécurité, légèreté et longévité du matériel.

A son arrivée sur les lieux c'est la grandeur des bâtiments qui l'interpelle.
-Une aussi grande usine dans une si petite ville, elle doit être le poumon d'emploi de tous les habitants pense Maurice admiratif.
Planté devant la lourde et large porte en métal fermée en ce dimanche hivernal, il détaille avec une certaine fierté le bâtiment. Constitué de larges moellons jusqu'aux deux-tiers, ce sont de grands pans de plexiglas nervurés, ondulés et jaunâtres qui rejoignent le toit.
Ces ouvertures permettent l'entrée de la lumière puisque vraisemblablement il n'y a pas de fenêtres constate Maurice en contournant le bâtiment par la droite.

Un autre portail barre le mur du fond : sûrement l'accès des marchandises, des livraisons se dit Maurice car un vaste espace semble dédié aux manœuvres des camions.

En terminant son tour, par la gauche du bâtiment, il constate que le haut du mur de ce côté ci est fendu de fenêtres apposées les unes à côté des autres.

-Ce doit être les bureaux de l'administration se dit-il.

Il termine son inspection par le toit qui se découpe en six vagues successives et brisées de plexiglas comme le haut des murs. Il saura, dès le lendemain, en prenant son poste, que chaque vague, correspond un atelier précis.

En rentrant à droite, se découpe le poste « finitions/vérifications » qui valide la bonne façon des cycles sortant de l'usine, un appentis est d'ailleurs réservé à l'entreposage des vélos ayant satisfaits au contrôle qualité, puis en remontant en enfilade, le poste « garniture » (freins, poignées, selles…), « peinture », « soudure », « montage » et enfin mais en tout premier puisque jouxtant la porte du fond, que Maurice avait pressentie comme étant celle de la livraison, le poste « magasin » : le stock de tout l'outillage de l'usine se trouve là.

Puis à gauche, dès l'entrée, un grand escalier de métal, aux marches percées constituant un antidérapant efficace, permet l'accès à une rochelle où simplement séparés par des cloisons, se dessinent les bureaux de l'administration.
-Y aurai-je le mien ou serai-je parmi les ouvriers pour superviser leur travail ? se demande un Maurice confiant et impatient de rencontrer ses collègues.
Enfin sous la rochelle, par une porte dédiée, on accède aux vestiaires. Coté gauche, vestiaires de ces dames. Coté droit, celui de ces messieurs.

Dans l'usine, il est vite remarqué par ses pairs et ses chefs pour ses compétences et connaissances des produits, pour ses qualités d'innovateur et par ces dames, pour son aspect physique. Grand, élancé, sportif, Maurice fait tourner les têtes.

La seule ayant ses faveurs, mais elle ne le sait pas encore, c'est la jolie Marcelle. Grande, de stature solide, possédant de jolies courbes replètes. Maurice n'est pas indifférent à autant de charme.

Il a 25 ans, elle, pas beaucoup plus. Il le sait car en tant qu'ingénieur, proche de l'autorité de l'entreprise il a accès aux dossiers des ouvriers. Et son intérêt grandissant pour cette belle personne, discrètement, il est allé voir dans son dossier les informations de base qui lui permettraient peut-être de pouvoir l'aborder ou pour le moins lui donner le courage de le faire.

Ce matin là, le grand patron, M. Blanc, lui avait dit :
-Maurice. J'ai une réunion très importante avec une entreprise qui projette de créer un nouveau matériau permettant d'alléger le poids des vélos.
Vous vous rendez compte Maurice, ils sont en train de créer un prototype de vélo. Il ne sera plus en chromaloy mais en alu. On est encore loin de la commercialisation mais on y vient et je voulais que vous m'accompagniez car j'ai besoin de vos lumières en la matière. Mais, on attend une livraison et je veux que vous la supervisiez.
-Oui rétorque Maurice, j'allais vous le dire : La livraison Viléa qui arrive aujourd'hui ? Il me semble en effet important que je sois présent.
-Donc c'est entendu, je vous laisse les rênes de la société dit M Blanc. Je serai de retour en début d'après-midi, je vous dirai ce qu'il en est.

Maurice attendit midi que la secrétaire de M. Blanc soit partie déjeuner pour commencer frauduleusement son enquête.
-Au revoir Maurice. Je vous souhaite un bon appétit minaude Mademoiselle Grange, secrétaire de son état depuis dix ans malgré la guerre, elle est toujours là, fidèle à M. Blanc et à l'établissement. Elle affiche grassement une quarantaine bien sonnée et un célibat lourdement assumé. Il la soupçonne d'avoir convoitise à son égard mais n'a jamais poussé plus loin ses doutes.
-Bon appétit Mademoiselle Grange lui rétorque gentiment mais distancié Maurice.
Il l'entend mollement descendre les escaliers qui mènent à l'atelier puis à la sortie de l'usine. Il cale ses pas le menant au bureau sur les pas de Mademoiselle qui l'en éloignent. Collé à la cloison comme un voleur, retenant sa respiration, il parvient à atteindre la poignée de la porte du bureau quand il entend claquer celle de l'atelier. Les machines se sont tues, il n'y a plus âme qui vive à l'usine.
C'est maintenant.
Il pénètre dans le bureau de Mademoiselle Grange, avise le meuble de métal gris armé de trois gros tiroirs comportant en leur centre des étiquettes mentionnant :A-D puis E-M puis L-Z.
Il remarque tout de suite qu'ils ne sont pas verrouillés et d'une main tremblante mais sûr de lui, tire sur le premier tiroir du haut : A-D

Il effeuille les dossiers portant le nom de l'ouvrier concerné sur la tranche du dessus. Fébrilement, il s'assure, par de répétitifs tours de tête que personne ne s'apprête à rentrer dans le bureau.
-Non tout est délicieusement calme dit-il pour se rassurer.

-Alors Amoute, Arane, Avésille, Barbotain, Bastide.

Bastide. D'un coup d'ongle, il saisit le dossier dans son entier et se délecte déjà en lisant : Marcelle Bastide.
Il faut dire que Maurice s'appelle Bruniquel et il remarque amusé comme un collégien que leurs initiales sont les mêmes et que s'il l'épouse cela ne changera pas.

Honteux, rougissant d'avoir eu ces pensées, il ouvre quand même la chemise de son aimée. Là, il découvre le document d'identité, le « document de rentrée » comme il est stipulé s'appeler, que tous les ouvriers ont rempli à leur embauche.
Nom, Prénom, date de naissance.
-Stop voyons voir ça : 22 avril 1920. On est en février, dans presque deux mois elle aura vingt-sept ans. Elle a deux ans de plus que moi se dit-il dubitatif. Et puis quoi ? pense-t il. Si on ne le dit pas, personne ne pourra le voir alors…

Dans la chemise, se trouvent aussi ses bulletins de salaire et divers autres documents qui ne présentent aucun intérêt au vu de son dessein.
-Où habite-t elle ? se demande-t il tout à coup.
Il revient au « document de rentrée » et s'avise que c'est une sochalienne qui célibataire, comme lui habite, toujours chez ses parents, comme de juste à l'époque mais pas comme lui. Maurice a quitté sa famille. Natif de Peysey dans les Alpes, c'est pour trouver du travail qu'il s'est exilé à Sochaux dans une pension de famille où il trouve tous les soirs couvert et gîte.

Ayant pu détenir toutes les informations qu'il souhaitait, il referme avec précaution la chemise et la reclasse avec autant d'attention à l'endroit même où il l'avait prise plus tôt afin que personne ne s'aperçoive de son larcin.
Referme soigneusement le tiroir et à pas de loup, ressort du bureau en refermant délicatement la porte.
Le cœur léger, il descend à son tour l'escalier de l'atelier et comme enivré, se décide à aller marcher, il mangera mieux ce soir.
Pour l'heure, son cœur trop plein est branché directement sur son estomac, il ne pourra rien avaler.

6

Les jours qui suivent, Maurice fait plusieurs tentatives de prise de contact mais se ravise à chaque fois.

Marcelle est soudeuse de cadres de vélos. Ce poste est un labeur pénible surtout pour une femme qui se voit attribuer une tenue de travail faite de gros godillots qui lui enserrent ses chevilles fines, sa blouse grise de toile raide sur laquelle pèse un tablier en cuir épais propice à protéger son porteur des projections de soudure. Et le summum de l'inconfort, elle est affublée la plupart du temps du masque de soudeur dans lequel il fait tellement chaud que l'ôter est une délivrance mais aussi un calvaire car elle apparaît alors rouge, échevelée et toute en sueur.
Elle est très entourée par ses collègues de poste qui exercent la même mission. Il y a là essentiellement des femmes mais pourtant, sur le poste mitoyen de peinture, travaillent deux hommes très volubiles qui ne s'embêtent pas avec la bienséance.
Cette désinvolture dérange quelque peu Maurice habitué à plus de prévenance dans les rapports humains.

Mais il constate que Marcelle n'en prend pas ombrage et s'en accommode toujours d'un sourire.

Maurice se demande si ces hommes lui ont déjà fait ouvertement la cour voire des avances. Malotrus comme ils le sont, ils en sont capables. Cela pique au vif Maurice qui doit, de par sa posture, se maitriser et modérer ses ardeurs.

Mais, il les voit, les ouvriers, tourner autour de SA Marcelle. Ils ne sont pas fous ils ont bien vu qu'elle était jolie. Quand le soir, elle quitte l'usine non sans s'être changée, Maurice l'observe à la dérobée. Il remarque alors la finesse de ses articulations, sa taille marquée soulignée par une robe épousant ses généreuses formes, ses cheveux châtains réunis dans une pince qu'elle remonte soigneusement sur le crâne pour laisser toute une mèche cascader sur ses épaules et surtout sa touche de parfum subtilement fleuri qui lui transporte le cœur. Il se dit avec rage contre les collègues de Marcelle mais surtout contre lui et sa couardise :

-Si je ne me décide pas rapidement, je vais me la faire souffler et ça sera bien fait pour moi.

Aussi, un soir, à 17 heures quand la sonnerie de fin d'exercice retentit, il est déjà en bas des escaliers de l'atelier. Il salue ainsi chaque salarié passant devant lui pour regagner leurs pénates. Les

postes se vident peu à peu, même celui des collègues de Marcelle mais toujours pas de prétendante en vue. Il se dit penaud et déçu qu'il a dû la laisser partir sans la voir et s'apprête dépité à remonter l'escalier quand un pas léger et rapide attire son attention.
Ils ne sont pas tous partis ? se demande-t il.

Fixant la pénombre d'où il a entendu venir les pas, il aperçoit peu à peu se dessiner une silhouette et respire une senteur qu'il connaît bien : Marcelle.

L'air s'arrête de circuler dans ses poumons, sa salive stagne dans sa gorge, il est à deux doigts de s'étouffer quand Marcelle lui dit discrètement :
-Bonsoir Monsieur Maurice. Et furtivement s'éloigne.
Ce qu'il lui faut à notre pauvre Maurice pour rassembler ses dernières forces et son ultime courage, pour lui souffler :
-Un instant Mademoiselle Bastide s'il vous plait. Je voudrais…
Enfin si vous le voulez bien… Euh, sans vous offenser… vous déranger…. Balbutie Maurice horrifié de si peu de maîtrise de lui-même.

D'un œil, il regarde la réaction de Marcelle qui semble amusée de sa gaucherie. Il lui semble même qu'elle l'encourage d'un sourire alors il se lance :
-Mademoiselle Bastide, dimanche après-midi, dans le quartier voisin du mien, la mairie organise un grand bal. Le bal du printemps, on sera le 22 avril s'essouffle-t il à lui dire.
Si vous êtes d'accord, j'aimerais vous y inviter à danser finit-il par articuler.
Le cœur battant jusque dans les tempes, il est figé là à attendre la réponse de Marcelle qui jamais ne vient jusqu'à ce qu'elle aussi dans un souffle à peine perceptible lui réponde :
-oui, avec plaisir Monsieur Maurice.

-Elle a accepté se répète en boucle Maurice sur le chemin du retour à sa pension de famille.
-Elle a accepté.
Son cœur sautille dans sa poitrine, il se surprend même à cadencer son pas comme s'il dansait dans la rue.
Ce soir, il montera sans manger prétextant une migraine et passera la nuit à penser au dimanche qui sera bientôt là.

7

Le lendemain et le surlendemain, il fit en sorte de ne pas avoir à la croiser pendant les heures de travail mais le vendredi soir à 17 heures, il se posta en bas des escaliers afin de l'attendre comme la première fois où il l'avait interpelée.
Mais pour son malheur, quand elle passe devant lui, elle n'est pas seule. Son cerveau fait rapidement le tour de la situation. Il ne faut pas lui parler devant les salariés. Pas question d'éveiller quelconques soupçons.

Aussi, renfrogné et se demandant comment il allait faire pour organiser leur sortie, il sent son souffle se faire plus court. La panique le saisit. Après avoir soigneusement rangé ses affaires sur son bureau, les mains vissées dans les poches, il entreprend le trajet qui le ramène à la pension. Il n'a fait que quelques pas, quand de sous une porte cochère discrètement une petite voix l'interpelle :
-Monsieur Maurice.
Marcelle est là qui l'attend. Elle baisse les yeux timidement quand il la voit. Il sent le rouge lui monter aux joues.

-Ah Mademoiselle Bastide. Vous m'avez fait peur lui dit-il mal assuré mais faisant tout pour ne pas le lui montrer.
-Pardon Monsieur Maurice lui répond-elle penaude. Quand je vous ai vu tout à l'heure en bas des escaliers j'ai pensé que….. enfin que vous vouliez peut-être me parler… Mais comme il y avait du monde avec moi, vous avez renoncé…

Maurice la regarde d'un œil enamouré et tellement de reconnaissance pour cette preuve de courage pour une jeune fille.
Il l'en admire encore plus.

Ne voulant pas trop profiter de la situation, il finit par lui répondre gentiment qu'effectivement, il voulait la voir pour lui dire qu'il se présenterait en bas de son domicile dimanche vers 15 heures. Qu'il l'attendrait pour cheminer ensemble jusqu'au bal.

Marcelle acquiesça joyeusement et chacun partit de son côté des promesses encore tues plein les yeux.

8

Le samedi passa entre excitation et lenteur. Maurice fit le nécessaire pour s'occuper à la fois le corps et l'esprit mais sans y parvenir vraiment. Ses pensées trop occupées par la sortie du lendemain. Il ne mangea guère et dormit peu pour enfin se lever tôt le dimanche matin.
L'excitation fait peu à peu place à l'angoisse. De nombreuses questions se bousculent dans sa tête.
-Vais-je être à la hauteur ? Suis-je assez bon danseur ? Va-t on trouver des sujets de conversation ? se demande-t il fébrile tout en essayant de trouver une tenue à la fois recherchée mais pas trop. D'ailleurs comment s'habille-t on pour un bal de printemps ? s'interroge-t il comme s'il n'avait déjà pas assez de tracas.

Après avoir sorti de la penderie deux pantalons, il opte pour le bleu marine et élit une chemisette blanche accompagnée d'un gilet bleu marine à fin motif bleu pâle, ses mocassins finissent élégamment sa tenue. En tout cas c'est ce qu'il se dit en se regardant dans le miroir. D'un geste assuré, il se donne un coup de peigne, deux touches d'eau de cologne et il se surprend à descendre les marches de sa

chambre d'un pas désinvolte. Il croise à ce moment là la maîtresse de maison qui lui adresse, amusée, un compliment plein de sous-entendus :
-vous voilà bien mis Monsieur Maurice.

Il lui adresse un sourire en guise de remerciements mais n'épilogue pas. Il n'en a ni la force ni l'envie.
Il jette un œil à sa montre : 14h40. Il évalue rapidement qu'en allant d'un pas serein, il sera chez elle dans dix minutes. C'est donc d'un pas léger qu'il fait des détours dans le secteur pour enfin prendre le chemin de son quartier. Le temps est frais mais clément et surtout lumineux. Le soleil encore un peu pâle leur a fait quand même la joie de sa présence. Les mains dans les poches, il chemine gaiement.

Arrivant au tournant de la rue de Marcelle, il stoppe devant la vitrine d'un café. Il réajuste son gilet, le col de sa chemise, se donne un autre coup de peigne et se passe un léger mouchoir sur la moustache qui perle. Il souffle un bon coup et franchit en quelques pas la distance qui lui reste pour atteindre la porte du logement de Marcelle. Droit comme un « i » devant la porte, il lui assène trois coups francs et massifs et attend. Un petit moment qui lui paraît

éternel s'écoule quand, tout à coup, il entend qu'on l'interpelle doucement du premier étage. Il lève la tête et aperçoit celle de Marcelle qui dépasse de la rambarde du balcon.
-Un instant, je descends lui dit-elle sereine.

Maurice patiente en faisant quelques pas quand la porte d'entrée s'ouvre sur une Marcelle radieuse et jolie comme tout.

Maurice l'air de rien la détaille rapidement du coin de l'œil. Elle porte une robe légère blanche en plissé soleil avec de minuscules motifs floraux bleu marine. Maurice se dit :
-Tiens ! Nous avons choisi les mêmes couleurs de vêtements mais inversés. Est-ce un signe ? Mais il s'ébroue à cette idée, la pensant stupide.
De jolis escarpins blancs à talons bas soulignent et terminent toute en beauté sa silhouette altière.
Une légère odeur de jasmin flotte aux narines de Maurice qui s'en trouve transporté. Elle porte à son bras un fin gilet blanc qu'elle choisit d'apposer sur ses épaules. Maurice, en gentleman, le lui ajuste aussitôt.
Elle se tourne vers lui, le remercie doucement et rosit en baissant les yeux.

Cependant, ils cheminent côte à côte sans se toucher, sans se parler sauf quelques banalités climatiques. Mal à l'aise tous les deux, il leur tarde d'arriver au bal. La foule, le bruit, la musique, tout ça fera diversion et leur permettra de se rapprocher un peu, ils l'espèrent

Tout à leurs pensées, ils arrivent sur la place du quartier. Maurice devance Marcelle et lui propose de s'asseoir à une table tout près de la piste de danse. Déjà de nombreux jeunes gens ont investi les lieux. Les corps se frôlent et se séparent. Les yeux se perdent dans les yeux de l'autre. On se parle sans trop en dire non plus car dans la foule se cachent souvent les parents de ces danseurs et ils veillent à leur bon comportement.

Maurice sourit à Marcelle et pour masquer son inconfort lui demande si elle souhaite boire quelque chose ?
Marcelle lui dit qu'elle aimerait bien un Vichy-Fraise.
Maurice se lève derechef et s'empresse d'aller à la buvette commander la boisson de Marcelle et le demi-panaché dont il a envie.
Chargé des deux boissons, il revient à leur table et remarque que Marcelle tape discrètement du pied au rythme de la valse qui est en train de se jouer. Maurice pose les verres avec précaution et

respectueusement, tend la main à Marcelle l'invitant à rejoindre les valseurs.

Rougissante mais ravie, elle accepte et sa main dans celle de Maurice, ils se retrouvent au bord de la piste et Maurice au bord du gouffre car là, plus moyen de reculer, il faut se jeter à l'eau et prendre dans ses bras la jolie Marcelle.

Il avance le bras gauche et le lui enroule autour de la taille et de l'autre main, lui prend sa main gauche pour l'entraîner dans une danse virevoltante et électrisante. Il leur semble voler au-dessus de la piste. Une danse, puis trois puis, puis, ….. ils ne comptent plus. Le temps non plus ne compte plus. Mais bientôt sans s'en rendre compte, les danseurs se font plus épars sur la piste. Au début cantonnés au bord du parquet, les voilà dansant au milieu des quelques jeunes gens restant.

Toute à tournoyer, Marcelle se ravise tout à coup et lui demande empressée :

-Pardon Monsieur Maurice, quelle heure est-il ?

-17 heures lui répond-il surpris

-Il faut que je rentre lui dit-elle pressée

-Je vous raccompagne bien sûr lui rétorque-t il comme sonné.

Le chemin du retour se refait dans le silence comme en début d'après-midi. Seule Marcelle ose dire à Maurice :
-Merci Monsieur Maurice pour ce charmant après-midi.
-Avec plaisir Mademoiselle Marcelle et si vous le permettez avant de vous quitter, j'aimerais vivement vous souhaiter un très bon anniversaire dit un Maurice ragaillardi et soudain débarrassé de toute timidité.

Marcelle interloquée mais flattée ne sut que lui répondre. Seuls des yeux brillants de larmes lui répondirent un merci qu'ils savent tous les deux déjà plein d'amour.

9

Quand le lundi matin, l'heure de reprendre le travail approche ; c'est un Maurice tout joyeux qui arrive à l'usine.
Sa première mission de première heure : chercher du regard Marcelle.
Mais il ne la voit pas arriver en même temps que les autres salariés.
Inquiet, il monte aux bureaux voir si Mademoiselle Grange est arrivée et sait quelque chose à propos de l'absence de Mademoiselle Bastide.
Mademoiselle Grange déjà en place lui répond que non. Elle n'a rien fait dire.

Encore plus inquiet, Maurice décide de se rendre sur le poste où elle devrait se trouver et demander de manière informelle à ses collègues s'ils savent quelque chose.

Il descend l'escalier qui mène à l'atelier essayant de garder son calme. Il passe en saluant les salariés du poste « peinture » et s'arrête devant le poste « soudure ». Là se trouvent Andrée, Alberte

et Juliette, les collègues de Marcelle mais pas de Marcelle. Il les salue poliment et d'un air qu'il croit détaché leur demande :
-Avez-vous vu Mademoiselle Bastide ce matin ? Il me semble qu'elle est absente et n'a rien fait dire.

Ces dames lui répondent qu'elles ne savent pas non plus.

Les remerciant d'un large sourire ; Maurice retourne à son bureau afin de finaliser des factures et valider quelques écritures comptables quand il entend Mademoiselle Grange l'appeler de l'autre côté de la cloison.

-Monsieur Maurice s'il vous plait vous pouvez venir
-Oui Mademoiselle Grange j'arrive dans un instant lui répond-il poliment

Maurice se lève de son bureau en fait le tour et se dirige vers la porte qui mène à la passerelle qui dessert les bureaux entre eux. En mettant la main sur la poignée, il entend la sonnerie stridente du téléphone qui retentit dans le bureau de Mademoiselle Grange. Lui qui n'y prête jamais attention, cette fois, tend l'oreille et entend Mademoiselle Grange dire :

-Oui bonjour Mademoiselle Bastide.
-Oui bien sûr, j'en avertis Monsieur Blanc. A demain Mademoiselle.

N'ayant pas perdu une miette de l'échange entre les deux femmes, et d'un air de ne pas s'en soucier, Maurice demande à Mademoiselle Grange qui était au téléphone.
Elle lui répond que c'était Mademoiselle Bastide, qui souffrante, ne reviendra que demain.

Prétextant une urgence dans son bureau, Maurice tourne les talons et revient à sa table de travail mais l'esprit préoccupé.
-Que lui arrive-t il ? se demande-t il soucieux. Elle paraissait bien hier soir en rentrant.
-Et cette gourde de Grange qui ne lui a pas demandé de détail se surprend-il à penser tout haut.

Tout à ces tracasseries, Maurice passe une journée bien maussade et bien peu productive. Il a hâte de rentrer chez lui, dans sa chambre pour penser plus sereinement à elle sans être obligé de donner le change.

17 heures sonnent. Maurice prend à peine le temps de ranger ses dossiers et s'enfuit littéralement de l'usine. Il court presque sur le chemin du retour.

Rentrant à la pension, il hurle un « bonsoir tout le monde. Je monte ».

Madame Bertrand, la maitresse des lieux lui rétorque quelque chose qu'il ne comprend pas mais qu'il ne prend ni la peine ni le temps de lui faire répéter et pour toute réponse, il claque la porte de sa chambre.

Rapidement il se change de tenue quand un léger frappement se fait entendre. Il choisit de ne pas répondre mais devant l'insistance , il réplique un sec et agacé :

-Oui

-C'est Berthe (Berthe Bertrand la maîtresse de maison) Monsieur Maurice. J'ai un message pour vous.

-Est-ce important ? lui répond Maurice à travers la porte

-Je ne sais pas Monsieur. Moi je prends les messages, je n'évalue pas leur importance. C'est de la part de Mademoiselle Bastide.

Le sang de Maurice ne fait qu'un tour. Il se précipite sur la poignée de la porte qui lui glisse des doigts. Il faut qu'il s'y reprenne à plusieurs fois pour la dompter et enfin ouvrir cette maudite porte.

Madame Bertrand, bien campée les mains sur ses larges hanches, se tient devant lui droite dans ses charentaises et son tablier maculé sûrement de la préparation du repas de ce soir, lui tend un morceau de papier blanc sur lequel sont griffonnés des hiéroglyphes tout « berthiens ». Avide, il tente une traduction immédiate de ces pattes de mouche jusqu' à ce que Madame Bertrand le voyant en peine lui dise:

-Mademoiselle Bastide pour Monsieur Maurice. Je serai absente aujourd'hui à l'usine. Problème familial sans gravité. Il faut que je me rende au chevet de ma marraine souffrante et seule. Je serai de retour à mon poste demain. Je vais avertir l'usine. Veuillez m'excuser pour ma hardiesse de vous avoir contacté ainsi chez vous mais cela était préférable que de le faire à l'atelier. Cordialement

Madame Bertrand fausse compagnie à Maurice qui mettant le bout de papier sur son cœur, referme la porte de sa chambre en un ouf de soulagement. Il relit le message « sans gravité », « serai de retour demain ».

Un instant après son trouble passe subitement pour laisser place à une moue dubitative dont il ne s'aperçoit même pas.
Comment sait-elle où je réside ? Pense-t il

Là-dessus et de bien meilleure humeur, il se rhabille avec quelque chose de confortable mais de plus présentable que son vêtement de nuit et descend gouter les plats dont il avait constaté des indices sur le tablier de cette bonne Berthe.

10

Quatre mois s'écoulèrent ainsi entre louvoiements à l'usine et dimanches réguliers passés à flâner dans les rues de Sochaux ou dans les salles du seul cinéma s'offrant à eux.

Maurice, toujours intrigué par le mot laissé à la pension lors de l'absence de Marcelle, finit par un de ces après-midi sereins par lui poser la question.

-Mademoiselle Marcelle, si vous le voulez bien je voudrais vous demander quelque chose ? demande timide Maurice.

-Je vous écoute Monsieur Maurice lui répond une Marcelle soucieuse

-Je voudrais savoir comment vous avez su où je résidais pour venir jusqu'à la pension m'apporter le mot de votre absence ? L'interroge maladroitement Maurice

Un léger et joli sourire aux lèvres, Marcelle répond amoureusement à Maurice qu'il n'est pas le seul à savoir faire des coups en douce.

-Pourquoi me dites-vous ça ?dit Maurice mutin

-Parce que lui répond amusée Marcelle, si vous, vous pouvez aller au bureau regarder les dossiers et ainsi venir me chercher pour aller au bal de printemps sans me demander où j'habite, je sais moi aussi me faufiler sous la porche cochère, vous savez la porte cochère où je m'étais cachée pour que vous puissiez me parler seule sans les collègues, et vous suivre à distance un soir après le travail pour voir où vous vous rendiez.

Ces mots finirent d'unir ces deux âmes et c'est ainsi qu'à la faveur d'un pique-nique le dimanche qui suivit, vers la mi-août, Maurice ayant pris son courage à deux mains osa, un bouquet de fleurs des champs à la main, la demander en fiançailles.

Elle lui répondit un timide mais sincère OUI et il fut ainsi décidé qu'il faudrait officialiser les choses en présentant Maurice à ses parents.

Ce fut chose faite le dimanche qui suivit.

Maurice et Marcelle avaient réussi à maintenir leur relation secrète à l'usine. Marcelle y tenait très fort tant que ses parents n'étaient pas au courant.
De confession protestante, on ne plaisante pas avec la rigueur dans sa famille.

Enfin, voilà le jour tant attendu. Le dimanche matin, Maurice se prépare en prenant bien garde à renvoyer l'image du gendre idéal. Un pantalon noir, une chemise grise, ses mocassins et un blazer pour compléter la silhouette. Un coup d'œil dans le miroir pour parfaire la coiffure, deux gouttes d'eau de cologne sur le mouchoir et c'est un Maurice très tendu qui descend les escaliers qui mènent à l'entrée de la pension de famille. Une fois dans la rue, un petit soleil de fin d'été lui fait un clin d'œil comme pour lui dire :
-Ca va bien se passer. Surtout sois toi-même. Tu plais déjà à Mademoiselle, tu plairas à ses parents.
Et c'est donc un peu rasséréné qu'il prend la direction de la maison familiale des Bastide.

Sur le seuil de leur porte, il repense à la première fois où il était allé la chercher pour le bal du printemps, c'était le 22 avril et c'est là que soudain il remarque qu'ils sont le 22 août.

Heureuse date donc et c'est enjoué qu'il frappe à la porte. C'est Marcelle elle-même qui vient lui ouvrir. Elle lui adresse un sourire radieux aussi lumineux que la jupe parme qu'elle porte avec un chemisier blanc et les escarpins qu'elle portait la première fois.

Cet ensemble lui va à ravir, il lui vole une main pour lui appliquer un chaste mais chaleureux baiser. Surprise et craintive à la fois d'être vue par ses parents dans cette position inappropriée, elle la retire brusquement ce qui effraie quelque peu Maurice. Mais très vite, elle l'invite à pénétrer au salon où dans les fauteuils, lui font face Monsieur et Madame Bastide vêtus de noir pour Monsieur et de bleu marine pour Madame.

Maurice ressent une froideur naturelle émaner de ces gens qui néanmoins lui adressent un bonjour discret assorti d'un hochement de tête. Maurice franchit les quelques pas qui le séparent de Madame Bastide. Lui présente sa main sur laquelle elle pose la sienne et Maurice s'incline en un baisemain respectueux et silencieux.
Puis se tournant vers Monsieur Bastide lui tend une poignée de main ferme le regard bien appuyé dans les yeux.
Ces échanges de civilité très appréciés des parents parurent durer une éternité à Maurice qui fut soudain sauvé par l'intervention de Marcelle :
-Le repas est servi. Si vous voulez bien vous donner la peine ?
Les parents s'effacèrent devant Maurice qui pour garder une contenance et meubler le silence pesant dit :

-Qui dois-je féliciter pour la bonne odeur qui se fait sentir ? Cela met en appétit.

Il n'obtint aucune réponse et ils passèrent à table en silence.
Le repas se déroula ainsi rythmé par les seuls entrechoquements des couverts et les remerciements sporadiques à chaque passage de plats ou de boisson.
Maurice tout d'abord bien mal à l'aise compris très vite qu'il s'agissait d'une habitude familiale et qu'il convenait de ne pas y déroger. Il s'abstint donc.

Après le repas, Marcelle servit le café au salon et prétextant des travaux de couture à finir, quitta la pièce bientôt suivie de sa mère.

Les deux hommes restés seuls à siroter leur café chacun sur leur fauteuil, Maurice ne faisant que sourire quand relevant la tête il croisait le regard de son futur beau-père, enfin espérait-il qu'il le soit. Car après un tel mutisme, comment pourrait-il consentir à donner la main de sa fille à un homme dont il ne sait rien ?

Et pourtant contre toute attente, Monsieur Bastide se raclant la gorge est le premier à ouvrir la conversation.

-Alors Monsieur… Monsieur ?? demande-t il
Maurice interloqué de la soudaineté de cette interrogation cherche quelques secondes son nom égaré dans les limbes de son cerveau.
-Euh Bruniquel Monsieur. Maurice Bruniquel lui répond-il en essayant de cacher son trouble
-Et donc vous travaillez à l'usine avec Marcelle ? demande-t il sans ciller
-Oui Monsieur. Je suis ingénieur. Je travaille à la conception de nouveaux vélos avec des garnitures plus performantes garantissant plus de sécurité et de solidité répond Maurice appliqué
-Et vos parents où habitent-ils? l'interroge Monsieur Bastide
-Ils habitent Peysey dans les Alpes. Je suis seul à Sochaux dans une pension de famille où je trouve gîte et couvert.
-Vous êtes ingénieur c'est cela ?
-Oui Monsieur.
-Vous devez bien gagner votre vie ? Vous savez que ma fille n'est qu'une ouvrière. N'attendez pas une riche dot.
-Non Monsieur lui répond offusqué Maurice. Tellement offusqué qu'il ne put rien ajouter.
Mais il ne savait pas que c'est ce qu'attendait Monsieur Bastide. Il voulait le pousser dans ses derniers retranchements pour en tester sa

sincérité. Maurice a dû montrer son trouble tout en voulant le cacher car Monsieur Bastide esquissa un léger sourire.

Pour détendre l'atmosphère, ils échangèrent alors sur les nouveautés techniques des vélos qui gagnaient progressivement les voitures. Ils se mirent d'accord sur le fait que le monde changeait très vite mais qu'à ce changement rapide il convenait d'opposer un peu de retenue pour ne pas confondre vitesse et précipitation.

Bref, les deux hommes semblaient s'apprivoiser doucement. Marcelle qui avait quitté sa chambre en catimini, espionnait leur conversation pour en jauger la teneur. Elle aussi semblait satisfaite de la tournure que prenaient les choses.

Rassurée, elle retourna dans sa chambre jusqu'à ce que son père lui crie depuis le salon :

-Marcelle. Reviens veux-tu. M. Bruniquel prend congé.

Marcelle un peu triste de n'avoir pu profiter de la présence de son aimé, revient dans le salon et salue Maurice d'une gracieuse révérence qui à son tour, la gratifie d'un baisemain protocolaire. Un sourire paternel approbateur clôt cette entrevue et invite Maurice à regagner ses pénates.

A la dérobée, Marcelle lui lance un dernier :
-A demain Maurice
-A demain Marcelle

C'est la première fois que les deux amoureux s'interpellent ainsi par leur seul prénom.

11

La vie s'écoula ainsi jusqu'au mois d'octobre. Les amoureux maintenaient toujours leur secret à l'usine. Ils avaient tant de plaisir à se voir à l'extérieur. Par deux fois, Maurice fut réinvité à déjeuner avec la famille le dimanche. Le même mutisme animait le repas, il n'y a qu'une fois seuls que les deux hommes conversaient à bâtons rompus.

Marcelle était heureuse que les deux hommes de sa vie s'entendent si bien mais elle pensait que Maurice tardait à se déclarer. Il l'avait demandée en fiançailles mais il fallait demander sa main à son père pour que ca soit officiel et que la date des noces soit décidée.

Au mois d'octobre, Maurice une nouvelle fois invité par la famille Bastide se dit avec fermeté :
-Bon c'est pour aujourd'hui. Il sort de son armoire son complet gris acheté pour l'occasion. Il cire ses mocassins en se disant qu'ils commencent à vieillir et qu'il faudra prochainement les remplacer mais pour aujourd'hui il faudra bien faire avec. Une touche d'eau de

cologne, un coup de peigne comme à son habitude et le voilà prêt à affronter sa mission.

Arrivant chez les Bastide, cette fois c'est Madame qui lui ouvre la porte.

-Marcelle est chez sa marraine, souffrante. Elle nous rejoindra sans tarder l'informe Madame Bastide.

Maurice lui répond avec déférence.

-Je peux attendre son retour dehors si vous le souhaitez ?

-Non non entrez jeune homme je vous en prie. Je vous invite à rejoindre mon époux au salon lui dit-elle étrangement guillerette au goût de Maurice.

Il la dépasse et pénètre dans le salon où se trouve son futur beau-père. Il le trouve lui aussi très élégamment habillé comme s'il avait senti que Maurice allait se déclarer et demander Marcelle en mariage.

Mais cela ne peut se faire tant que l'intéressée est absente. Il faudra patienter.

Midi trente sonne à l'horloge comtoise de la salle à manger et c'est à ce moment-là que Maurice entend la porte d'entrée s'ouvrir et

aussitôt se refermer cédant le passage à Marcelle. Elle lui adresse un sourire lumineux mais discret et se débarrassant de son pardessus et écharpe, se précipite en cuisine pour aider sa mère au repas qui ne va pas tarder à être servi.
L'aide précieuse de Marcelle fait que le repas est vite prêt et les convives peuvent passer à table sans plus tarder.

Le dîner semble à Maurice un peu plus animé ou pour le moins plus détendu. Empesé dans son complet, il fait de son mieux pour honorer le repas confectionné par sa future belle-mère et sa promise. Puis l'heure bénie du café au salon avec Monsieur Bastide arrive enfin.
Maurice sent sa tension monter d'un cran. Il passe un doigt entre son cou et le col de sa chemise. Se gratte discrètement la gorge se réajuste le veston et avant que ces dames ne les quittent, il se jette à l'eau :
-Monsieur Bastide puis-je vous parler ? hasarde un Maurice tendu
-Bien sûr Monsieur Bruniquel je vous en prie lui répond Monsieur Bastide étrangement détendu lui en revanche
-Monsieur. Vous n'êtes pas sans savoir que votre fille et moi-même nous fréquentons depuis bientôt six mois. Vous m'avez même fait

l'honneur de me recevoir à votre table dit Maurice empli de respect et d'émotion.

-Aussi ai-je à mon tour l'insigne honneur de vous demander de bien vouloir m'accorder la main de votre fille.

Un long très long silence s'en suivit.

Marcelle et sa mère s'éclipsèrent dans la pièce adjacente afin de laisser leur père et époux en tête à tête avec Maurice.

Le silence est toujours pesant quand elles entrent dans la pièce tout en en laissant la porte ouverte afin d'entendre ce que les deux hommes se disent.

Mais elles n'entendent rien. Maurice ne s'est pas assis et Raymond est toujours silencieux.

Marcelle et Gilberte entendent les ressorts du fauteuil couiner sous le poids de Monsieur Bastide. Elles entendent la cuillère tourner dans la tasse à café.
Et Monsieur Bastide rompt le silence.

-Jeune homme prenez place à mes côtés. Il faut que je vous dise toute l'affection que je vous porte. J'apprécie votre naturel et votre présence d'esprit assorti à votre large culture. J'apprécie ce que vous êtes. Vous êtes animé d'un profond respect non seulement pour ma fille mais aussi pour nous et nos habitudes que je sais être un peu austères. Je vous félicite et suis heureux d'accepter que vous rentriez dans la famille. Vous serez un bon mari pour ma fille et bon fils pour nous j'en suis sûr.

Là-dessus, Raymond se lève et s'approche de Maurice. Maurice éberlué, sans crier gare se retrouve au creux des bras de son futur beau-père qui le gratifie d'une accolade surprenante mais néanmoins sincère.

Maurice est le plus heureux des hommes et à en juger au regard humide de sa douce sortie lentement de sa cachette, il sait que sa vie va prendre un autre sens. Celui où on commence à compter à deux puis à trois, à quatre et même à cinq ou six si Marcelle le veut bien.

12

C'est donc légitimement par un mariage que se poursuit leur belle histoire. Maurice accepta de venir vivre au sein de la demeure familiale de Marcelle avec ses parents.
Marcelle très vite enceinte donne naissance à Délinda en 1949, d'abord puis Diane en 1951 puis Dominique (une fille comme son prénom ne l'indique pas) en 1953 et enfin Denise en 1956.

Pour des raisons professionnelles, cette grande famille doit envisager de déménager sur Paris. C'est un déchirement pour Marcelle de quitter les siens mais elle sait qu'il en va de la carrière de son mari pour lequel elle a « sacrifié » la sienne.

Aujourd'hui, Marcelle peuple ses journées à l'éducation des enfants, à veiller sur le confort de son mari, à la santé de ses parents qui vieillissant se font plus demandeurs et quand elle a du temps pour elle, elle ferme la maison et avec le car qui passe en bas de la rue, elle se rend chez sa marraine qui elle aussi se fait de plus en plus invalide et réclame soins et assistance quotidiens.

Elle reste auprès d'elle tous les après-midi sauf celui du jeudi, jour de repos hebdomadaire des enfants, et veille sur sa sieste. Quand elle s'éveille, Marcelle lui prépare son thé au lait avec deux madeleines aromatisées au citron.
Pendant ce lent réveil, Marraine amoureuse du noble art de la musique et pianiste devant l'Eternel si celui-ci ne lui avait pas dérobé la vue en lui volant également sa jeunesse savoure les notes égrenées par Marcelle. Marraine tapote encore les touches ivoire et ébène mais de mémoire, elle ne peut plus déchiffrer de partitions. Aussi a-t elle appris à Marcelle à jouer qui s'est très vite et très bien débrouillée. De petits airs amusants mais surtout faciles, elle est passée à des marches, des sonates et même des opéras lyriques. Tout semblait sortir de ses doigts par magie. Marraine se délectait de ces après-midi, se laissant porter par les choix de sa filleule.

A la fin de la journée quand Maurice rentre de l'usine, il interroge Marcelle sur son après-midi avec Marraine sachant les deux femmes très proches.
Marcelle lui parle de son sommeil paisible et de son réveil gourmand accompagné des douces mélopées du piano.
-Qu'as-tu joué aujourd'hui pour elle ? demande un Maurice intéressé

-Une valse, lui répond Marcelle. Elle m'a confié que ce morceau était son favori car il lui a été joué par un homme qui requérait ses faveurs mais que les parents de Marraine n'ont jamais voulu lui accorder. Une sombre histoire de dettes de famille, ils craignaient, pour leur fille, la banqueroute. Ils refusèrent donc ce mariage et Marraine voua sa vie à chérir cette relation, jamais aboutie, par le biais de ce morceau.
-Quelle triste histoire mais à la fois belle. Que d'amour doit-elle te porter pour ainsi te confier ce lourd secret de son cœur surenchérit Maurice ému. Quel est donc ce morceau ? susurra Maurice après un silence dévot.
-La valse de Grieg. C'est un morceau relativement enjoué, sautillant mais empreint d'un fond mélancolique l'informe Marcelle
-Que voilà un morceau qui ressemble à Marraine. Il semble avoir été créé pour elle. Et depuis le temps qu'elle le joue ou qu'elle le jouait, il fait partie d'elle rétorque Maurice
-Tu sais Maurice cet air la transporte tellement quand je le joue qu'il me semble cheminer avec elle, être vraiment à ses côtés dans les couloirs du temps de ses souvenirs lui dit émue Marcelle.

Maurice touché, Marcelle émue se prennent dans les bras l'un de l'autre. Ils semblent ainsi vouloir souder à eux cette émotion familiale pour qu'elle soit la leur.

Mais un après-midi, Marraine ne se réveille pas.

Marcelle au comble de son chagrin choisit quand même de jouer pour elle SA valse de Grieg.

Puis refermant le clavier et rangeant la vaisselle du goûter que Marraine ne prendra plus, en larmes, elle rentre chez elle avertir la famille du cruel deuil qui les frappe.

Le nécessaire est bientôt fait pour offrir une sépulture à Marraine qui reposera au cimetière le plus proche et ses biens sont ventilés aux neveux et nièces car elle n'avait pas d'enfant.

Marcelle très vite craint pour le piano. Elle ne veut pas qu'il soit vendu et encore moins donné à des gens qui n'en connaitraient pas la valeur. Elle s'en ouvre à Maurice qui la rassure en lui disant qu'un notaire appellera sûrement tous les descendants car Marraine a dû faire un testament.

Les funérailles passées, dans la semaine qui suit, Maître Favet les fait appeler en son étude pour considérer le partage de Marraine. L'héritage des biens se résumant à des meubles et des livrets bancaires qu'effectivement un testament avait déjà attribué aux cousins et cousines de Marcelle, est vite distribué, mais dans ces lots point de piano évoqué.

Avant de clore l'entrevue, Maître Favet consulte le dossier et dit vouloir évoquer avant de partir le cas du piano.
-Ce piano de marque Gaveau est un quart de queue en marquèterie de merisier. Il ne présente qu'une moindre valeur pécuniaire par rapport à ce qui a déjà été ventilé entre vous mais celui-ci est donné à Marcelle Bruniquel comme expressément demandé par la défunte.

-Madame Bruniquel, avez-vous entendu ce que je viens de dire ? demande Maître Favet péremptoire
-Euh oui Maître répond Marcelle surprise du ton du notaire
-Je vous demande ça Madame car je ne voudrais pas que vous vous sentiez flouée et que vous contestiez ensuite le partage lui dit explicitement le notaire.

Si à cet instant, Maître Favet avait pu être dans le cœur de Marcelle quand elle entendit que Marraine lui faisait don de SON piano, il aurait compris que tous les meubles et autres livrets d'épargne ne pourraient égaler ce merveilleux bonheur.

Elle acquiesça à la succession en l'état et Maurice demanda à l'usine de pouvoir obtenir le prêt d'un camion et la gentillesse d'un ouvrier pour aider au déménagement de l'instrument qui serait donc le premier à partir pour Paris. Il attendrait la famille Bruniquel dans le logement de fonction de l'usine Viléa pour laquelle Maurice avait accepté un poste d'adjoint de direction. Il aura sous sa responsabilité toute une équipe d'ouvriers chargés d'optimiser la plupart des systèmes de freinage commercialisés par la société qui est à la pointe de la technologie en matière de freinage pour vélos. Elle conçoit et fabrique des dérivés de la conception des mâchoires à tirage latéral inventée par Campagnolo.

L'été qui suivit, la famille Bruniquel quitta les appartements sochaliens et les parents de Marcelle.

Une nouvelle vie parisienne commençait, d'autres habitudes apparaissaient, les filles devaient se faire de nouvelles amies et Maurice n'allait plus compter ses heures de travail ; un autre rythme s'instaurait. Parti très tôt le matin, il ne rentrait que fort tard le soir et ne s'octroyait que le dimanche pour passer du temps avec les siens.

Marcelle isolée de ses parents trouve le temps long. Maintenant toutes les filles sont scolarisées. Le matin, il y a toujours un peu de ménage à faire, des vêtements à ranger, quelques jouets à ordonner mais les après-midi sont longs. Alors elle joue du piano et ainsi semble se rapprocher de sa Marraine le temps d'un morceau.

Après être allée récupérer les petites à l'école et leur avoir donné leur goûter, elle les envoie faire leur devoir sur la table de la salle à manger pendant qu'elle poursuit ses sonates au clavier. Elle prend tant l'habitude de faire ça pour ne pas voir le temps passer qu'elle y arrive et quand Maurice rentre et qu'il est l'heure du repas, dans le couloir où il se déchausse, il l'entend.
Et il aime ce qu'il entend. Quelquefois même, il reste un peu plus dans le couloir pour l'entendre plus longtemps car dès qu'il rentre, Marcelle sait que c'est le signal du repas, la toilette du soir pour les enfants et le moment du couchage. Bref, tout s'accélère. Alors pour faire perdurer ces instants immobiles de sérénité, il attend un peu dans le couloir et goûte cette musique qu'il aime autant que ce qu'il aime sa femme.

Le dimanche, Marcelle voulant respecter la quiétude de son mari pour son seul jour de repos, ne joue pas. Et un jour Maurice lui demande dubitatif :
-pourquoi ne joues-tu que le soir avant que je n'arrive ? Pourquoi ne me fais-tu pas profiter de ton talent ?
-Mais pour que tu puisses te reposer mon amour lui répond-elle surprise
-Mais ça ne me fatigue pas de t'écouter jouer bien au contraire lui dit-il badin
-Mais rien ne me ferait plus plaisir lui dit-elle joyeuse et s'asseyant sur le banc. Que veux-tu que je joue ? Ce sera pour toi et exclusivement pour toi.
-Et ben pour te dire la vérité, certains soirs quand je rentre, je reste un peu dans le corridor pour t'écouter jouer et il y a un air lyrique que j'apprécie par-dessus les autres lui dit-il d'un air interrogateur

Marcelle se tourne sur le banc et sans lui répondre commence la valse de Grieg étant sûre que c'est de ce morceau dont lui parle son époux.

A en juger par le rythme que Maurice donne à son pied, Marcelle a tapé dans le mille. Et transporté par la cadence, Maurice emporte

Marcelle dans une valse effrénée mais silencieuse puisque le danseur a ravi la pianiste aux touches du clavier

13

Ainsi Marcelle garda-t elle ce rituel de jouer le soir pendant les devoirs des filles.

Mais quelquefois, le dimanche, à la faveur d'une chaussette à repriser ou d'une robe à reprendre, Marcelle ne joue pas. Aussi Maurice se lève-t-il de son fauteuil cessant de lire son journal et ouvre le clavier et en apposant juste un doigt joue la première note de la valse de Grieg.

Marcelle surprise d'entendre la note lève la tête de son ouvrage, sourit à Maurice et finit toujours par rejoindre l'instrument et jouer le morceau.

Que de dimanches furent ainsi cadencés

Maurice jouait toujours la première note de la valse de Grieg c'était le signal. Toute la maisonnée savait ce que cette note signifiait.

Et quand Maurice prit la retraite, il fallut bien trouver une maison pour accueillir la famille puisqu'il fallait laisser le logement de fonction à son remplaçant.

Marcelle et Maurice choisirent un très grand terrain de la banlieue parisienne. Environnés de champs de betteraves, Marcelle est sûre qu'ils seront très bien. A l'abri des voitures, les filles pourront se promener sans crainte et puis un jour, quand nous aurons des petits-enfants, ils seront en sécurité aussi. Le grand air de la campagne c'est bon pour les enfants dit Marcelle.

Le décès des parents de Maurice suivi de près par ceux de Marcelle leur donna un joli pécule qu'ils exploitèrent pour faire bâtir une grande maison au toit très pentu en ardoise. Un large balcon ouvrant sur le vaste terrain où Maurice ne tarda pas à planter des pommiers. Un petit sentier serpentant jusqu'à l'entrée de la maison et un étage qui abriterait leur chambre au sein d'un appartement privatif où Maurice fit installer le Gaveau. Le rituel de LA note perdurait. Marcelle l'attendait même pour jouer. C'était comme un jeu entre nos deux vieux amoureux.

Les filles grandirent, se marièrent et donnèrent à Marcelle et Maurice ces petits enfants qu'ils attendaient tant.

C'est Délinda qui la première présenta Denis à ses parents. De leur union sont nés Alexandre et Christophe. Puis Diane rencontra Juan,

Dominique se maria avec Jean-Pierre et Denise avec Danick. Chacune des trois autres filles eurent également des enfants et tous eurent le bonheur de goûter des vacances scolaires chez mamie Marcelle et papi Maurice.

Puis au cœur de leur douce retraite, un immense malheur est venu frapper Marcelle et Maurice. Délinda, atteinte d'un cancer, les quitta après trois longues années de combat, laissant Alexandre et Christophe pantelants de chagrin.

Papi, veuf quelque temps après le décès de Délinda, demeura dans leur maison jusqu'à ce que ce matin, 25 novembre, un mail de Diane une des tantes de mon mari s'affiche : « pour papi tout s'est terminé cette nuit ». Les yeux plein de larmes, Alexandre lit ces quelques mots qui scellent son enfance à tout jamais. Son grand-père, malade depuis quelque temps, vient de nous quitter.

14

-On sera livré demain en fin de matinée. Je vais poser la journée pour être présent. Il me fait l'effet d'un gamin devant un sapin de Noël.

Le lendemain matin, debout aux aurores, Alexandre entreprend de pousser les plantes dont le piano prendra la place et tout meuble qui encombrerait le passage des déménageurs.
Et vers 8h30, alors qu'ils étaient attendus pour la fin de matinée, le camion se gare dans l'allée.
Après un rapide coup d'œil à la configuration des lieux, les deux hommes aidés d'Alexandre entreprennent de déplacer en premier lieu la caisse.
Un des deux déménageurs dit convivial à Alexandre :
-C'est que ça fait plus de deux cent kilos tout ça quand même !!!

Entre ahanement et transpiration, le quart de queue prend doucement sa place.
Partie travailler, Alexandre m'appelle au bureau. Je sens toute sa joie dans le téléphone :

-Comment veux-tu qu'on l'oriente ?

-Ben plutôt de biais. La queue en direction du salon lui répondis-je dubitative.

-Ah ok alors on va le tourner parce que je l'avais positionné côté clavier me dit-il déçu.

-Non non, ça ne fera pas esthétique. Et puis, j'ai l'intention de poser dessus, en guise de décoration, des cadres de photos à la manière américaine.

-Oui oui me répond-il impatient. Tu feras ça. Allez je te laisse je vais offrir le café à ces messieurs.

Il raccroche tellement vite que je n'ai pas eu le temps de lui demander où était la chatte car avec tout ce tintouin elle a dû avoir peur.

Inquiète, j'envoie un texto à Alexandre qui tarde à me répondre. Il avait anticipé, enfermé Ostro dans la chambre et fermé la porte du couloir pour préserver sa tranquillité.

Vive le vent, vive le vent, vive le vendredi. Ce soir à 17 heures, c'est le week-end !!! J'ai hâte de rentrer voir la merveille et retrouver mon mari.

Je le trouve affairé au clavier essayant d'égrainer quelques notes, souvenirs de son enfance où il jouait de l'orgue électrique.

Il me voit à peine rentrer. Epars dans le salon, se trouvent des cartons quelques uns fermés, d'autres ouverts d'où dépassent des partitions. J'enlève mon manteau, me déchausse et m'enquiert d'aller fureter dans les cartons pour en découvrir l'illustre contenu venant tout droit du passé.

Alexandre m'adresse un clin d'œil en guise de bonjour que je lui rends par un sourire le laissant ainsi savourer l'instant.

Je feuillète les ouvrages couverts de portées portant des noms de compositeurs anciens. Certains livrets sont biffés, des noms sont même apposés sur des couvertures, des dates aussi : 1884, 1902. Mon esprit prend conscience que des mains expertes de musiciens ont manipulé ses livrets, des gens décédés qui nous ont légué bien malgré eux tout cet art. Emue, j'entends Alexandre me dire solennel :
-Viens voir le morceau que je suis en train d'essayer de jouer
Je me lève pour le rejoindre.
Sur le pupitre trône, usé, le livret d'une valse de Greig.

Alexandre me dit les yeux vibrants :
-C'est la valse que mamie jouait à papi quand ils se sont connus.
-C'est vrai lui répondis-je vivement intéressée
-Enfin non pas exactement. En fait, Ce morceau était le chant préféré de la marraine de mamie. C'est elle qui a appris à jouer à mamie et quand sa marraine est morte, elle lui a légué son piano. Aussi, mamie continua-t elle à jouer ce morceau pour papi. C'était même un rituel
-Ah bon comment ça ? lui demandè-je avide
-Et ben, d'après ce que maman m'en a dit bien sûr ; quand papi rentrait du travail alors qu'ils étaient jeunes, mamie jouait en l'attendant, pendant que maman et ses sœurs faisaient leurs devoirs. Papi restait quelques minutes dans le couloir pour l'écouter jouer avant de rentrer dans le salon où se trouvait le piano.
-Tiens me dit-il il était dans leur salon comme il l'est dans le nôtre. Le dimanche aussi, il lui arrivait de demander à mamie de jouer et c'était toujours la valse de Grieg.
Il s'approchait du clavier, l'ouvrait et d'un doigt badin, produisait la première note du morceau. C'était le signal pour mamie de venir jouer. Cette valse de Grieg soupire Alexandre est le fil rouge de l'enfance de maman et de mes vacances de môme.

Nous en sommes là de nos sentiments. Alexandre revivant dans son cœur ses souvenirs d'enfance et moi l'écoutant émue tentant d'imaginer la scène, quand, j'entends miauler derrière la porte fenêtre.

-Oh mon toupitou de chat, avec tout ça on t'a oublié m'ébrouè-je. Tu dois avoir froid lui dis-je en me précipitant pour lui ouvrir.

Il s'empresse de pénétrer dans le salon et se jette avidement sur sa gamelle.
Je le laisse à son festin et Alexandre se remet à faire les gammes de la valse familiale. Au son de la première note, je m'aperçois qu'Ostro a relevé la tête de son bol.
Je dis à Alexandre amusée :
-Ah même Ostro apprécie tes talents de musicien.
-Ah bon pourquoi ? me demande-t il
-Et bien à la première note, il a relevé la tête cherchant partout d'où pouvait venir ce son lui répondis-je gaiement
Je reprends mes occupations de maîtresse de maison sans porter plus d'attention au chat et Alexandre cesse de jouer de manière concomitante.

Durant le repas, je remarque qu'Ostro n'a pas cessé de tourner autour du piano. Je ne m'en suis pas rendue compte tout de suite, affairée à la logistique de la maison, mais là depuis la table j'ai une vue d'ensemble sur la pièce et j'observe notre chat.

Tout d'abord, il s'est approché avec précaution de ce nouvel arrivant. Il en a fait le tour au large, humant l'air et regardant tout à la fois le piano et le reste de la pièce comme s'il n'était pas tranquille. Je le fais remarquer à Alexandre qui a son tour se met à l'observer.

Ostro ne miaule pas, il furète. On le sent stressé et on remarque bien que la cause principale de ce stress c'est le piano car il n'a jamais eu cette attitude avant.

Quand nous quittons la table pour rejoindre le canapé et passer la soirée, il déguerpit entre nos jambes comme apeuré et se blottit sous la table du salon.

-Il a peur ce chat ? Regarde il est sous la table, les yeux aux aguets ce n'est pas dans ses habitudes dis-je intriguée à Alexandre

-Mais non me répond-il serein. Il est toujours sous la table. Ca a même été le premier endroit où il est allé quand il est rentré la première fois à la maison,

-Justement il était apeuré à cette époque. Il ne nous connaissait pas et restait sur ses gardes lui dis-je sûre de moi
-Laisse-le me rétorque-t il cartésien. Un chat a horreur du changement. L'arrivée du piano c'est nouveau pour lui. Il va s'y habituer dans quelques jours il n'y fera même plus attention.

Nous passâmes la soirée sur ces bonnes paroles. Ostro toujours aux aguets sous la table.

Au moment de nous coucher, il nous emboite le pas, se pressant pour nous précéder et monte derechef sur le lit.
Alexandre s'isole dans la salle de bain pour faire une brève toilette me laissant seule avec Ostro.

Ostro qui es-tu ?

15

Déjà allongée sous la couette, j'en entreouvre un coin pour m'en libérer et ramper au fond du lit retrouver un Ostro qui me semble bien mal à l'aise.
Je m'approche. Ses grands yeux verts colossalement ouverts ne laissent à la pupille qu'une mince fissure pour lui permettre d'y voir. J'approche ma main pour lui donner une caresse sur la tête. Lui qui d'habitude anticipe mon geste et projette littéralement sa tête dans ma main, là il l'esquive.
Je lui parle doucement :
-Et ben ma puce qu'est-ce que tu as ce soir ? C'est l'arrivée du piano qui t'inquiète ? Parle-moi à ta façon.
Ostro dis-moi qui tu es
Réitérant mon geste, je continue mon monologue rassurant.
Cette fois, j'arrive à le caresser mais je le sens toujours aux aguets
-C'est pas grave tu sais. Ce n'est qu'un meuble…
Je n'ai pas le temps de finir ma phrase qu'il change non seulement de position mais aussi de place et va s'installer au fond du lit du côté d'Alexandre.

Intriguée, dubitative, je le laisse tranquille et reprend ma place dans le lit.

Je ne suis pas une lève-tard. A 8h30 le lendemain matin, je quitte la chambre Ostro sur mes talons. Passant devant le piano pour atteindre la table du petit-déjeuner, je constate qu'Ostro ne me suis pas et s'est, au contraire, assis. D'habitude, il me précède jusqu'au sachet de croquettes et miaule désespérément comme s'il était affamé jusqu'à ce que je lui donne sa ration. C'est d'ailleurs ce qu'Alexandre et moi faisons en premier : donner à manger à Ostro.

Là non seulement il ne me suit pas, il ne miaule pas mais reste assis dans l'entrée.
Je trouve ça bizarre bizarre.
Aussi, lui donnè-je sa ration de croquettes. Il vient jusqu'à sa gamelle mais en contournant le piano.
Dégustant mon petit-déjeuner, je l'observe manger et repartir immédiatement retrouver Alexandre au lit.

Je trouve ça définitivement bizarre. Ostro n'est pas depuis longtemps avec nous mais il a déjà créé des habitudes de comportement qui depuis hier semblent avoir considérablement changées.

Quand Alexandre daigne se lever, il est onze heures. Il me rejoint au bureau où je consulte mes mails.
-Ostro est toujours au lit ? lui demandè-je soucieuse
-Oui il n'a pas voulu se lever avec moi. Du coup je n'ai pas ouvert les volets. J'ai pensé qu'il valait mieux lui laisser la paix me répond-il attendant mon approbation.
-Tu sais lui dis-je soupçonneuse. Il est bizarre ce minou depuis hier
-Mais non arrête. Qu'est ce qui est bizarre ? me dit-il agacé
-Et ben tu ne le vois pas. Ce matin, il est venu avec moi quand je me suis levée mais ne s'est pas précipité sur sa gamelle en miaulant comme il fait d'habitude. Il s'est assis dans l'entrée comme s'il ne voulait pas passer devant le piano
-Bopf me répond-il irrité

C'est ce moment là qu'Ostro choisit pour arriver dans le salon à pas feutrés et nous gratifie d'un léger miaulement. Alexandre se tourne vers lui faisant pivoter le fauteuil de son ordinateur et l'interpelle. Aussitôt, Ostro accourt et bondit sur ses genoux.
-Ah ben ça alors me dit Alexandre interloqué

-Ah tu vois quand je te dis que quelque chose a changé lui dis-je inquiète. On dirait qu'il cherche à se rassurer.

Ostro sur les genoux d'Alexandre, commence à doucement ronronner. Alexandre le caresse avec douceur. Il nous semble s'apaiser peu à peu.
Puis d'un bond comme à son habitude descend et se dirige vers sa litière.
Je le suis du regard en disant :
-Regarde il va à sa litière. Elle est à côté du piano. Que va-t il faire ?

Alexandre se retourne délicatement pour le regarder faire sans le troubler.

Ostro avance à pas de loup, avec précaution comme faisant attention où il pose les pattes. Le nez en l'air il s'approche de plus en plus près du pied du quart de queue. Puis étirant son cou au maximum tout en restant à bonne distance, il inspecte et flaire de haut en bas et de bas en haut le pied du piano. Il nous semble qu'il en renifle la moindre particule. Puis s'éloigne pour aller faire ses besoins.
Nous n'y prêtons plus attention jusqu'à ce que nous entendions un bruit mat, sourd et lourd.

Je me lève pour voir d'où cela pouvait provenir. Je ne vois rien d'anormal si ce n'est Ostro qui rôde encore autour des pieds du piano et de ses pédales. L'observant plus longuement, je le vois même frotter son cou au pédalier.

-Incroyable m'écriè-je à destination d'Alexandre. Ostro vient de se frotter aux pédales du piano

-Ah ben tu vois il l'apprivoise me répond-il guilleret. Ce n'était pas la peine de t'inquiéter. Je te l'avais dit les chats ont horreur du changement il faut leur laisser le temps

-Oui sûrement lui répondis-je pas convaincue du tout

Les jours qui suivirent, Ostro continua à inspecter le piano sous toutes ses coutures. Je continuais à me demander pourquoi cet acharnement autour de l'instrument mais je gardais ces interrogations pour moi. Je sens bien que mes doutes, infondés selon Alexandre, commencent à lui taper sur le système.

Jusqu'à ce qu'un soir, Alexandre en rentrant du travail trouve Ostro couché sur le piano. Il n'a même pas tenté d'en descendre en voyant arriver Alexandre. Non il est resté allongé le regardant d'un air tout à fait normal.

Voilà en ces quelques mots le résumé que me fit Alexandre par texto alors que j'étais encore au travail.

Interloquée, je m'interroge sur le revirement de situation. Jusqu'à hier, il paraissait fuir l'instrument et aujourd'hui le voila couché dessus comme s'il avait toujours fait ça. Incompréhensible !!! Je repense à ce moment là au bruit sourd, mat et lourd que j'avais entendu l'autre jour. C'est sans doute quand Ostro a sauté sur le corps du piano.

Toute la semaine qui suivit vit le même rituel : Ostro allongé sur le piano quand Alexandre rentre du travail.
Décidément, notre famille a beaucoup de rituel.
Papi et mamie avaient le rituel de la première note de la valse de Grieg et nous, nous avons le rituel du chat qui nous attend allongé sur le piano
-Qu'est-ce que tu fais mon Ostro sur le piano ? lui dit avec amour Alexandre. Tu veux que je t'apprenne à jouer ? lui dit-il amusé

Du coup après s'être changé et mis à l'aise, Alexandre s'assoit au clavier et commence à jouer la valse de Grieg.

A la première note, Ostro se redresse comme un diable sort de sa boîte et émet un miaulement mêlé de peur et d'affection. Ce miaulement est suffisamment caractéristique pour qu'Alexandre arrête là son jeu et m'appelle interloqué.
Je lui réponds que je le lui avais bien dit qu'il y avait quelque chose avec ce piano mais comme il me semble que je l'agace, je ne lui en parle plus.
-Attends-moi lui dis-je tu rejoueras quand je serai là comme ça je verrai s'il agit bizarrement.

En rentrant, je trouve à mon tour, Ostro allongé sur le piano. Alexandre me dit :
-Il n'a pas bougé depuis que je t'ai appelée. T'en penses quoi ?
-Tu veux vraiment que je te dise ce que j'en pense sans que ça ne t'agace ? lui demandè-je impérieusement
-Je pense qu'Ostro est perturbé par l'arrivée du piano. J'en suis sûre et certaine mais ce que je ne comprends pas c'est pourquoi.
-Pourquoi serait-il perturbé par le piano ? Me rétorque-t il résolument cartésien
-Je ne sais pas je te l'ai dit mais son comportement a radicalement changé depuis. Et le fait qu'il se mette à miauler dès que tu as commencé à jouer est un indice de plus

-Ca lui fait peut-être mal aux oreilles me dit-il dubitatif
-Oui lui rétorquè-je badine ou alors les vibrations des notes que tu joues lui font des chatouilles.
-Voyons joue quelque chose pour voir lui demandè-je
Alexandre tape la première note de la valse de Grieg et Ostro se redresse immédiatement en un miaulement plaintif
-Tu vois ? Tu vois ? me dit Alexandre inquiet
Ca pour voir je voyais et ça m'interrogeait fortement.
-Pour voir, change de morceau suggérè-je à Alexandre

Alexandre attrape un livret de petites musiques de nuit et commence à en jouer une. Ostro se rassoit aussitôt mais reste néanmoins juché sur le piano comme savourant la mélodie

Les jours et les nuits qui suivirent, Ostro resta allongé sur le piano. Il n'en descendait que pour boire, manger, faire ses besoins et quelquefois mettre le nez dehors. Car ça aussi il le faisait moins. D'habitude chat prompt à sortir garantir son territoire des autres chats du voisinage, dire qu'à présent ça l'importait peu était un euphémisme. Il restait couché sur le piano comme apaisé.

-Ostro mon chat qui es-tu ?

16

Les mois d'hiver s'écoulèrent avec ces nouvelles habitudes qui avaient fini par nous être familières.
Un après-midi de printemps, durant un dimanche particulièrement chaud, Alexandre et moi allongés chacun sur notre côté de canapé avons bien senti nos corps s'engourdir, nos têtes dodeliner sous l'effet combiné de la chaleur et du calme.

Combien de temps avons nous dormi, nous ne le savons pas mais en revanche ce qui nous a réveillés ça nous en avons eu bien conscience et ce « ça » nous a réveillés en même temps.

En nous relevant, la tête tournée vers le piano, nous avons vu Ostro une patte sur le clavier : la première note de la valse de Grieg.

REMERCIEMENTS

Merci mon Crapo pour toutes ces bonnes idées qui m'ont permis d'aboutir à ce roman tel que je l'ai souhaité.

Merci encore et toujours à Céline qui, par ses larmes et son sourire, m'a encouragée tout au long de ces pages.